Para Saskia
M.W.

Título original: Well done, Little Bear
Walker Books Ltd., 1999

© Texto,1999 Martin Waddel
© Ilustraciones, 1999 Barbara Firth

© De esta edición, 2000. Editorial Kókinos
Sagasta, 30. 28004 Madrid
Tel. y Fax: 91 5934204
Traducción de Esther Rubio

ISBN 84-88342-26-8

Impreso en Hong-Kong - *Printed in Hong-Kong*

MUY BIEN, OSITO

Texto de Martin Waddell
Ilustrado por Barbara Firth

KóKINOS

Había una vez dos osos,

Oso Grande y Oso Pequeño.

Oso Grande era el más grande

y Oso Pequeño era el más pequeño.

Una mañana, Oso Pequeño

quería ir a explorar.

Salió delante

y Oso Grande le siguió.

Oso Pequeño encontró la Roca de los Osos.

«¡Mira!», dijo Oso Pequeño.

«¿Dónde estás, Osito?», preguntó Oso Grande.

«Estoy explorando la Roca de los Osos», dijo Oso

Pequeño.

«¡Mira cómo trepo!»

«Muy bien, Osito», dijo Oso Grande.

«Ahora te necesito, Oso Grande»,

gritó Oso Pequeño, «voy a saltar».

«Aquí estoy, Osito», dijo Oso Grande.

Oso Pequeño saltó de la Roca de los Osos

a los brazos de Oso Grande.

«Voy a seguir explorando»,

dijo Oso Pequeño, y corrió

seguido de Oso Grande.

Oso Pequeño encontró

un árbol viejo de ramas retorcidas.

«¡Mira!», dijo Oso Pequeño.

«¡Mira cómo me columpio en la rama

del viejo árbol!»

Oso Pequeño se columpió y se columpió.

«¡Mira qué alto llego, Oso Grande!»,

decía Oso Pequeño.

«Muy bien, Osito», dijo Oso Grande.

«¿Estás preparado, Oso Grande?»,

preguntó Oso Pequeño.

Y Oso Pequeño se columpió alto,

muy alto,

hasta que

se dejó caer....

...en los brazos de Oso Grande.

«¡Me atrapaste de nuevo!», dijo Oso Pequeño.

«Muy bien, Osito», dijo Oso Grande.

«Voy a explorar un poco más»,

dijo Oso Pequeño.

Oso Pequeño encontró, tras un recodo del bosque, un arroyo.

«¡Voy a cruzarlo!», dijo.

«¡Mira, Oso Grande, mira cómo cruzo

el arroyo yo solo!»

«Muy bien, Osito»,

dijo Oso Grande.

Oso Pequeño fue saltando de piedra en piedra.

«¡Soy el mejor saltador de piedras del mundo!», decía.

Y continuó saltando de piedra

en piedra.

«¡Ten cuidado, Osito!», dijo Oso Grande.

«Ya tengo cuidado», contestó Oso Pequeño.

«¡Osito!»,

grito Oso Grande.

«Ayúdame, Oso Grande»,

lloraba Oso Pequeño.

Oso Grande vadeó la corriente y sacó

a Oso Pequeño del agua.

«No llores, Osito», le consoló Oso Grande,

«pronto estarás seco».

Y abrazó tiernamente a Oso Pequeño.

«Vamos a explorar un poco más,

Osito», dijo Oso Grande.

«¿Dónde?», preguntó Oso Pequeño.

«Al otro lado del río», contestó Oso Grande.

«Ten cuidado, Oso Grande, te puedes caer

como yo», dijo Oso Pequeño.

«No, si me indicas la piedra en la que

resbalaste», dijo Oso Grande.

«Es aquella piedra», señaló Oso Pequeño.

«Muy bien, Osito»,

dijo Oso Grande.

Oso Grande y Oso Pequeño siguieron

explorando a través de los bosques

y durante todo el camino de regreso hasta

que llegaron a su Cueva de los Osos.

Oso Grande y Oso Pequeño se sentaron cómodos y

calentitos en el Gran Sillón de los Osos.

«¿Tuviste miedo, Osito?», preguntó Oso Grande,

«¿Tuviste miedo cuando te caíste al agua?».

«No», dijo Oso Pequeño,

«porque sabía que tú estabas allí».

«Eso es, Osito», dijo Oso Grande.

«Estaré a tu lado siempre

que me necesites...

Siempre».